KB039909

그럼에도 불구하고

이권 시집

그럼에도 불구하고

달아실시선
64

달아실

중언부언重言復言 여전히 말이 많아
자꾸만 실수한다. 풍기문란의 시간을
건너오는 동안 지은 죄 끝내
발설되지 못하고 아직도 내 안에서
자기 징벌 중이다. 나의 행복이
당신의 불행이 아니었으면 좋겠다.

2023년 봄 영종도에서
이권

차례

그럼에도 불구하고

2부

3부

1부

징검다리

징검다리가 당신을 건너가고 있다

눈대중으로 몇 번 당신의
다리를 건너갔을 뿐
한 번도 당신을 건너가본 적이 없다

여름 내내 소낙비 소리와
천둥소리가 당신의 다리를 건너다녔다

만남과 헤어짐이 동시에
이루어지는 당신의 다리

당신이 떠나고 나면
저 다리는 폭파된다

나를 복구시키는 것은 언제나 당신 몫이다

오리무중

그녀와 함께 안개 낀 해변을 걷고 있었다

환한 햇빛 속에서 사랑은
쉽사리 복무하지 않는 법

안개 속에서 모든 사랑은
익명을 요구한 채 안면 몰수된다

한때 바닷가에서 애인 돌려막기가
유행하던 시절이 있었다

무허가 사랑이 성행하는 계절

안개가 걷히고 나면
모든 사랑은 증거 인멸된다

나는 버려진 애인이 되어
그 해변을 떠나왔고 그녀에게 수집되었다

하늘 높이 오른 죄밖에

산 너머에서 먹장구름이 몰려오더니
갑자기 하늘과 땅이 어두워진다

팃검불 날리며 여름 들판을
달려가는 바람의 뒷모습이 보인다

천지가 뒤틀리는 천둥소리
거칠게 쏟아지는 장대비
기어코 하늘 한쪽이 무너져 내린다

죄 많은 나야 하늘의
꾸지람 들으며 기도하는 자세로
저 빗속을 걸어가지만

하늘 높이 오른 죄밖에
푸른 이파리 키운 죄밖에 없는
동구 밖 느티나무

온몸을 펼쳐 든 채 한낮의 독재와 맞서고 있다

맞장을 뜨다

아내가 사대독자 잠지 만지듯 고추를 딴다
단단히 맞서고 있는 고추나무

목을 비틀어도 제 어미의 젖을
놓지 않는다 끝까지 버티다
어미가 목을 내준 고추나무도 있다

후끈 달아오른 오뉴월 땡볕과
여름날의 푸른 오기를 뭉쳐
약이 오를 만큼 오른 고추나무

몇 년 전 광화문 광장에 몰려들어
진도 앞바다의 바닷물을 죄다
퍼 올리던 백만 촛불의 고집을 닮았다

아내와 한판 대결이 한창인 고추밭
사방이 온통 핏빛으로 물들어 있다

세상이 너무 많이 달라졌다

예전에는 제 몫 빼앗기고 복장 터진 사람들이
내 몫 내놓으라고 죽을 둥 살 둥 데모했다

요즈음은 가진 자들이 더 많이
가지려고 남의 것 더
빼앗으려고 힘자랑하듯 데모를 한다

툭 하면 네 편 내 편 갈리어
술주정하듯 핏대를 올리며 데모를 한다

더는 너 잘되는 것 못 보겠다며
보수와 진보가 자본과 노동이

젊은이와 늙은이가 당신과 내가
습관처럼 데모를 한다

세상이 달라도 너무 많이 달라졌다*

* 정희성 시인의 시 「세상이 달라졌다」에서 차용.

자전거를 타다

둥글게 돌아가는 지구 위에서 내가 나를
돌리기 위해 자전거를 탄다

지구가 돈다고 나까지 덩달아
따라 도는 것은 아니지만

자전거가 나를 굴린 만큼
내가 끌고 온 길의 길이만큼 나는 소모된다

사람들이 동쪽에 있던 해를
서쪽으로 밀어내고
저녁을 만들어 집으로 돌아가고 있다

자전거 체인에 감긴 길을 풀어
너에게로 가는 길을 이어놓는다

저를 끌고 다니느라 수고한
자전거 짐받이 끈에 맨날 싸움박질인
둥근 지구 하나 매달려 있다

유모차

늦은 봄 오후 유모차가 할머니 손을
잡고 건넛마을로 마실을 가고 있다

퇴행성 관절염을 앓고 있는 유모차
할머니와 동병상련의 아픔을 겪고 있다

아이의 환한 웃음을 싣고
푸른 길만을 산책하였을 유모차

오늘은 할머니 혼잣말을 싣고
궁시렁궁시렁 봄날 오후를 건너가고 있다

할머니가 유모차를 끌고 가는지
유모차가 할머니를 끌고 가는지

할머니와 하나가 된 유모차 여전히
동구 밖에서 세월아 네월아 서행 중이다

내가 끌고 온 길의 장례가 치러지고 있다

땅의 시작이기도 하고 끝이기도 한
바다의 시작이기도 하고 끝이기도 한 거잠포

먼바다에 나가 출렁이는 파도 소리를
끌고 온 영종호가 선착장에 매여 있다

하루 두 번씩 끝과 끝이 만나
서로의 안부를 묻다 돌아가는 곳

바다와 땅의 경계에 선 왜가리 한 마리
목을 길게 빼든 채 먼바다를 바라보고 있다

땅끝에 눌러앉아 반쯤은 바다가 된 거잠포

시작과 끝이 만남과 헤어짐이
동시에 이루어지는 곳

내가 끌고 온 길의 장례가 치러지고 있다

짐승의 시간*

밤새 달려온 기차가 서울역에
도착하는 순간 어제가 오늘이 되어
어둠 속에서 걸어 나왔다

코로나19가 들불처럼 번지고
있다는 소식이 봄소식과 함께 전해왔다

무료 급식소가 있었던 자리
한 아버지가 말줄임표로 서 있다
이틀 동안 아무것도
먹지 못한 그림자도 함께 서 있다

무쇠 바퀴 굴러가는
쇠 울음소리 들리는 서울역

사금파리를 입에 문 그믐달이
염천교 다리 위에서 자가격리 중이다

* 이탈리아 루도비코 디 마르티노 감독의 영화 〈짐승의 시간〉에서 차용.

속수무책

삼복염천 개도 안 걸린다는 감기에 걸렸다
반란은 언제나 내 안에서부터 시작되었다

적과 내통을 한 채 나를 공격해오는 반란군
내 몸에 난리가 난 게 분명했다

뼈마디마다 부비트랩을 설치하고 있는
적의 척후병 목이 아프고 삭신이 쑤셔왔다

적의 공격을 막으려고 늙은
의사가 써준 처방전으로 방어 전선을
구축했지만 속수무책이었다

한 열흘간 내 몸을 침탈했던 바이러스가
당신에게 옮겨갔다 아무런
준비도 없이 나를 맞이한 당신

내가 당신을 사랑한 만큼 당신이 나를
좋아한 만큼 당신 몸에도 난리가 날 것이다

오래된 골목

신점을 잘 친다는 처녀 보살의 천기가 누설되는 산동네 마을. 삶이라는 것이 원래 예행연습 없이 곧바로 본 게임이 시작되는 것이어서 골목 안은 늘 유리창 깨지는 소리와 싸움질 소리로 푸른 멍이 들어 있다. 어둠 속에서 숙성된 소문들이 밤새 카톡카톡 떠돌아다닌 다음 날이면, 단톡방 알림창에는 축 이혼의 공지 사항이 인사말로 떠오르곤 하였다.

계절이 바뀌어도 해가 바뀌어도 갓난아이가 아버지가 되어도 가난이 떠나지 않는 동네. 어떤 방정식도 풀리지 않는 꼼수 많은 골목이 되어갔다. 모두가 엑스트라인 이곳에서 한 번도 주인공이 되지 못한 사람들. 막장 드라마보다 더 막장 같은 사주팔자에도 없는 삶을 연출하고 있다.

이 모든 풍경을 보았을 골목 안 느티나무 모른 척 시치미를 떼고 있다. 느티나무 치맛자락을 살짝만 흔들어도 이 골목에 숨겨놓은 비루먹은 사랑들이 우수수 입을 열 것만 같다. 사내들이 3조 2교대 야간 근무를 나가도 어느새 사랑은 이루어져 날이 새면 상상 임신을 한 여자들이

처녀 보살 집으로 신점을 치러 가곤 하였다.

개꿈을 꾸다

모든 빛을 죽이고 너와 나의 경계를 지우며 어둠과 하나가 되는 저녁. 벽이 된 어둠에 기대어 그동안 꾸었던 천인공노할 꿈을 반성하며 자기 징벌의 시간을 갖는다. 자정을 향해 걸어가는 괘종시계 초침 소리가 바람벽에 까맣게 찍히고 있다. 지난밤 꾸었던 외간 여자와의 사랑이 탄로 날까 봐 어둠 속에 밀봉해두었던 꿈을 다시 꺼내 읽는다. 내 꿈속으로 뛰어들어 흉흉한 기별이나 전하며 부지깽이를 들고 나를 쫓아오던 전생 후생의 수많은 당신.

천 길 절벽 아래로 뛰어내리려던 나를 꿈 밖으로 데리고 나와 꿈과 별반 다를 게 없는 세상을 보여주곤 하던 당신. 꿈은 계획도 없이 우발적으로 찾아오는 것이어서 나를 미리 준비할 수가 없었다. 밤마다 나를 찾아와 이 세상의 탈출을 모의하다 새벽녘이 되어서야 아무 일도 없었던 것처럼 당신에게 돌아간 당신. 나의 또 다른 생生을 연출해줄 당신을 오늘 밤 나의 침실로 초대한다.

그에게 가고 싶다

한 번도 삶의 과녁을 명중시키지 못한 내가
꽃 피는 봄을 다시 맞이하고 있다

그동안 많은 사건 사고가 일어났음에도
불구하고 아직도 내가 살아
있다는 것은 기적에 가까운 일

누구 하나 나를 거들떠보지 않을 때도
아무도 나를 사랑하지 않을 때도

어떤 신비한 힘을 가진 이가 있어
나를 돌봐주고 있던 것이 분명하다

온갖 나쁜 짓을 하고 다녀도 모두가
상종 못 할 인간이라고 욕을 하여도

언제나 묵묵히 나를 지켜주고
보살펴주고 있는 이 그에게 가고 싶다

바지랑대를 들고 하늘을 털러 가자

어디론가 떠나고 싶은 마음일 때
바지랑대를 들고 하늘을 털러 가자

견우와 직녀가 사라진 오작교도 털고
돈 없으면 영영 못 가는
극락과 천당도 털러 가자

고추잠자리 나는 산밑 모퉁이 밭
어머니의 옛이야기를 들으며
바지랑대를 들고 하늘을 털러 가자

너무 먼 곳에 계셔 한 번도
뵙지 못한 하늘님과 하늘로 올라가

아직도 돌아오지 않는 선녀님이
내려올 수 있도록
바지랑대를 들고 하늘을 털러 가자

사람을 사람 밖으로 함부로 버리지 말자

이제 그 사람 필요 없다고 사람을
사람 밖으로 버리지 말자

사람과 사람 사이에서 저마다의
살아가야 할 이유와 희망을 찾는 법

내 사람이 아니라고 내 편이 아니라고
사람을 사람 밖으로 버리지 말자

사람을 사람 밖으로 버리는 것은
인간에 대한 예의*가 아닌 것

누구에게는 전부인 그 사람
사람을 사람 밖으로 함부로 버리지 말자

* 공지영 작가의 소설 『인간에 대한 예의』에서 차용.

2부

김포에서 박촌 가는 길

늦가을 오후 81번 시외버스 타고
김포에서 박촌 가는 길

버스가 오류동 양평해장국 집 앞을 지날 때

어린아이 손을 잡고
저녁노을을 끌고 가는
여자의 뒷모습이 보인다

나도 저 여자를 따라가
그녀의 자식이 되고 싶다

어린 새끼가 되어
그녀의 품 안에서 하룻밤
푹 자다 나오고 싶다

그 옛날 나에게도 그만 놀고 들어와
밥 먹으라 부르던 엄마가 있었다

까마귀 날다

늦가을 오후 엄니 산소 가는 자드락길

밤나무 가지에 걸린 새 한 마리
검은 날개를 파닥거리며 안간힘을 쓰고 있다

발뒤꿈치 들고 가만히 다가가 보니
거친 숨을 몰아쉬고 있는 검정 비닐봉지였다

안과 밖을 비우고 하늘로 올라가
검은 새가 되려 했던 비닐봉지

밤나무 가지에 걸린 비닐봉지를
날려주며 그동안 내 안에서
자라던 검은 새 한 마리 날려 보낸다

까마귀 울음소리 까맣게 들려오는
산마을 저녁노을이 붉게 물들어 있다

아주 그냥 죽여줘요*

일요일 오후 307번 시내버스 타고 영종하늘도시에서 동인천 가는 길. 버스가 영종대교를 건너갈 때쯤 잠깐 선잠이 들었다. 내가 잠이 든 사이에도 설악산 산 중턱에 있던 뭉게구름은 태백산맥을 넘어왔을 것이고, 바람은 남대천 은어의 지느러미를 따라 동쪽에서 서쪽으로 불어왔을 것이다. 서귀포 앞바다에는 남방큰돌고래가 새끼 고래를 데리고 봄 소풍을 나왔을 것이다.

북성포구 똥 마당으로 생선 동냥을 나가던 길고양이가 인천항 8부두 앞에서 로드킬을 당했을 시간. 전국노래자랑에서 박현빈이 '아주 그냥 죽여줘요.'를 부르며 클라이맥스로 치닫고 있을 때 사람들은 앵콜을 부르며 환장을 했을 것이고, 24시간 문을 여는 월미도 러브호텔은 낮 손님을 받으며 희희낙락 성업 중일 것이다.

동인천 쪽방촌에 사는 황 씨 할머니 오늘도 몇 년째 돌아오지 않는 아들을 기다리고 있을 것이고, 집이 싫어 집을 버리고 나온 가출 소녀 민지. 오늘도 부평역 부근 피시방과 찜질방을 전전하고 있을 것이다. 그러거나 말거나 세상은 아무 일도 일어나지 않은 것처럼, 일어나지 않을 것처럼, '아주 그냥 죽여줘요.'를 외치며 아리랑 아리랑 아리랑고개를 넘어가고 있을 것이고, 부산행 KTX 열차는 오늘도 12시 정각에 서울역을 출발했을 것이다.

* 가수 박현빈이 부른 노래 「샤방 샤방」에서 차용.

변두리에 변두리만 모여 산다

잠깐 꽃구경을 나왔다
비명횡사한 꽃뱀의 장례가 며칠째
치러지고 있는 산마을

누군가 몰래 내다 버린
쓰레기더미 속에서 피어난
산국화가 노란 조등을 내걸고 있다

도꼬마리와 도깨비바늘과
까마중이 까마귀의
울음소리를 들으며 까맣게 익어가는 곳

문수리 가는 막차가 반거충이
사내 하나를 부려놓고 가면

검은 산에 눌러앉은 산마을도
도깨비불 떠다니던
섬강도 모두 변두리가 된다

변두리에 변두리만 모여 산다*

* 최한식 수필집 『변두리에 변두리가 산다』에서 차용.

셀카를 찍다

스마트폰으로 내가 나를 찍은 사진을 들여다본다
주름진 얼굴에 굳게 다문 입술

얼마나 무뚝뚝한 얼굴을 하였는지
융통성이 없는 인간인지를 증명하고 있다
불평불만이 가득한 얼굴

정말 내가 보아도 대책 없는 얼굴이다
동네 개들도 나만 보면 모두 나와 짖는다

직장 다닐 때 불친절하게 생긴
얼굴이라고 민원을 받아 내가
나를 해명하느라 애를 먹은 경우가 있었다

지난봄 목련꽃과 함께 찍은 독사진 아무리
뽀샵질을 하여도 그 얼굴에 햇살이다

또다시 스마트폰으로 하나, 둘, 셋 내가
나를 찍는다 여전히 웃는 모습이 불편하다

끼리끼리 모여 산다

초록은 동색 까마귀도 도요새도 고라니도
너구리도 하루살이도 사람도

싫든 좋든 서로 어깨를 기대며
우리가 남인가 하며 끼리끼리 모여 산다

잠도 같이 자고 싸움질도 같이하고
나쁜 짓도 같이하면서 그러다 사랑을 하고

저를 닮은 새끼를 낳아 키우며
파란만장한 가계家系를 일으켜 세운다

종족이라는 이유로 씨족이라는 이유로
부족이라는 이유로 사람이라는 이유로

웃고 울며 희망하고 절망하며 선택하고
포기하며 오늘도 우리는 끼리끼리 모여 산다

그럼에도 불구하고

일요일 아침 너는 부활절 예배드리려 성경책과
삶은 달걀을 들고 순복음교회에 가고

나는 초하루 신중기도 드리려 절복을 입고
백팔 염주를 돌리며 부루나포교원에 갔다

너는 점심으로 콩국수에 설탕을 넣어 먹었고
나는 콩국수에 소금을 넣어 먹었다

너는 푹푹 찌는 여름날보다 함박눈
송이송이 내리는 추운 겨울을 좋아했고

나는 온몸이 얼어붙는 추운 겨울보다 푸르름이
한 질씩 자라나는 더운 여름을 좋아했다

닮음보다 다름이 많은 우리가
이 세상에 온 이유조차 모르는 우리가

그럼에도 불구하고 하나가 될 때가 있다

그것은 애국가를 부를 때도 아니고

국기에 대하여 경례할 때도 아닌
네가 나의 손을 잡아주었을 때이다

인사도 없이 함부로 간다

봄바람에 목련꽃이 지고 있다
우렁각시 같은 네가 천둥벌거숭이 같은
내게 들어와 꽃을 피워 올렸다

그 누구도 내 사랑을 증명하지 않던
계절에도 너는 피어나 봄을 밝혔다

장끼 날아오르는 소리에 기어코
하늘 한쪽이 무너져 내리는 봄날 오후

일 년 동안 쏟 사랑을 모두
탕진한 너는 허공에
꽃무늬 낙관을 찍으며 떨어져 내렸다

너는 올 때도 기별 없이 함부로 오더니
갈 때도 인사도 없이 함부로 간다

후살이

어머니 죽고 내 나이 스무 살 때
아버지의 후처가 된 새어머니

아이를 못 낳아 전 남편에게
소박맞고 뒤웅박 팔자가 되었다고 한다

자식 한 번 낳아본 적 없이
아버지의 후살이만 하다간 새어머니

고향 집 화단에 나리꽃
붉게 핀 날 이 세상을 떠나갔다

어머니 대신 계모로 새어머니로
의붓어머니로 불리던 여자

오늘은 아버지 산소 옆
하얀 도라지꽃으로 피어 있다

어느 신비한 혼령이 있어

구인·구직 전단지가 봄바람에 제 몸을 핥아대고 있는 변두리 시외버스 정류장. 부여 가는 버스 기다리다 바라본 발밑. 십자가를 메고 고난의 길로 들어선 예수처럼, 추락한 나비의 날갯죽지를 끌고 가는 개미 한 마리 보인다. 수많은 시행착오를 겪으며 이 세상을 건너가고 있는 청춘들처럼 개미도 잘못 들어선 길을 수없이 수정하면서 저 신작로를 건너왔을 것이다.

싫든 좋든 자의 반 타의 반으로 생의 과업을 수행하다 죽음에 이르러서야 이승에서의 과업이 종료되는 우리네처럼. 개미에게도 어느 신비한 혼령이 있어 집 밖이 위험한 줄 알면서도 마음보다 몸이 저를 끌고 집 밖으로 나왔을 것이다. 삼보일배로 차마고도를 넘어가는 티베트의 순례객처럼, 제 몸에 깃든 혼령에 의해 이번 생에 할당된 과업을 수행 중인 개미. 죽은 나비가 제 죽음을 만방에 알리려는 듯, 만장이 된 나비의 날개가 봄바람에 펄럭이고 있다.

세상이 슬퍼 보일 때

수돗가에 쭈그리고 앉아 얼갈이배추를 다듬고 있는 아내의 아랫마기와 윗마기 사이로 허연 잔등이 드러나 보일 때. 여름날 배를 드러내놓고 자는 다 큰 아들놈의 수염 듬성듬성한 얼굴을 보았을 때. 시 합평회 뒤풀이 자리, 해진 양말을 뚫고 나온 김 시인의 엄지발가락이 식탁 밑에서 멀뚱멀뚱 두 눈을 뜨고 있을 때.

출근길 어린이집 앞에서 아이보다 먼저 울음이 쏟아질 것 같은 아이 엄마의 동동 발걸음을 만났을 때. 이웃집 영미 할머니 손잔등에 흰나비 한 마리 날아들 때. 세상을 가만히 들여다보면 짠하고 슬프지 않은 것이 없어 누군가 이 세상을 살짝만 흔들어도 말가웃의 울음이 와르르 쏟아질 것만 같다.

딱 한 번이라는 말

이번이 마지막이라고 내 서툰 사랑에
경고를 보내는 당신 딱 한 사람
당신만 오롯이 제 가슴에 모시겠으니

바쁘시더라도 부디 왕림하시어
저를 한번 꼼꼼히 읽어봐주세요

사랑은 늘 위험한 거래라 수를
잘못 읽고 하수를 두었다가는
문전박대를 당하고 쫓겨나기 마련이죠

딱 한 번만이라도 좋으니 옛사랑을
소환해주신다면 다른 사랑 넘보지 않고
열심히 당신을 사랑할 것 같습니다

사랑이 끝나면 암컷에게 제 몸뚱이를
내어주는 검은과부거미의 수컷처럼

툭하면 하나 남은 목숨까지 내걸고 던지는

딱 한 번이라는 말 딱 한 잔만 걸치고
실수 없이 당신에게 돌아갔으면 좋겠습니다

호갱님 전 상서

우리의 영원한 호갱님 근계시하 입춘지절에
그동안 옥체 일양만강하시온지요

당신이 오늘 무엇을 보았는지 무슨 이야기를
들었는지 어떤 호갱 짓을 당하다 왔는지

온종일 당신을 끌고 다닌 구두는 모든 것을
알고 있지만, 묵묵부답 아무런 말이 없습니다

당신의 아이는 미래라는 감언이설에 속아
쭈쭈바를 빨며 가기 싫은 학원에 가고

당신의 아내는 국민은행에 당신을 팔아 한 달에
10만 원씩 붓는 주택종합청약 저축을 들었습니다

시도 때도 없이 호명되다 죽어서까지 불려
나와야 하는 우리의 영원한 호갱인 당신

세세만년 당신의 만수무강을 빌며

소생 이만 물러나겠습니다 안녕히 계십시오

변두리

계속되고 있는 장맛비로 목화빌라 올라가는 길이 통통불어 있다. 몇 달째 분양되지 않고 있는 목화빌라. 지나가는 바람이 잠시 창문을 두드렸을 뿐 찾아오는 이가 없다. 과잉 공급된 개망초꽃이 환하게 불을 밝히고 떠돌이 개가 순찰을 도는 하루살이 나는 마을.

딱 오 분만 제주 은갈치를 팔고 가겠다는 생선 장수 확성기 소리에 부엌마다 비릿한 가시가 돋아난다. 골목 안 사람들을 하나둘 낚아 올리고 있는 생선 장수. 내일 울음까지 미리 당겨쓴 매미는 여름이 가기도 전에 이미 목이 쉬어버렸다.

비가 올까 말까 망설이는 동안 구름 속에서 잠깐 머리를 내민 햇살이 목화빌라 옥상을 걸어 다녔다. 전입신고도 하기 전에 미리 떠날 것을 걱정하는 사람들. 찔레나무 넝쿨 속으로 누룩뱀이 긴 몸을 끌고 들어가고 뒷산 솔밭에서 구구거리는 산비둘기 울음소리가 들려왔다.

세상의 모든 경계에는 계급이 있다

말년병장과 이등병 사이, 시어머니와 며느리 사이, 간수와 죄수 사이, 고양이와 쥐 사이, 오랜 기간 목숨을 걸고 싸워도 변하지 않는 계급이다. 건물주와 세입자 사이, 자가 아파트와 임대 아파트 사이, 벤츠와 모닝 사이, 루이비통과 짝퉁 사이, 사모님과 아줌마 사이, 모든 계급은 돈의 값으로 환산되어 그 검은 속내를 드러낸다.

노가다 십장과 잡부 사이, 원청과 하청 사이, 진상 고객과 호갱 사이, 자발적으로 갑의 먹이사슬이 되는 계급도 있다. 부모의 출신 성분에 따라 평생의 계급이 결정되는 천민자본주의 시대. 계절이 바뀌고 해와 달이 모양을 바꿀 때마다 당신은 매번 달라지는 지위를 부여받는다. 아직도 계급투쟁 중인 당신. 세상의 모든 경계에는 비릿한 피의 냄새가 난다.

3부

오늘의 운세

아침마다 내가 궁금해 오늘의 운세를 본다

삼재가 끼어 근심만 늘어날 일진인지
역마살 낀 방랑기에 몸만 고달픈 하루인지

내 사주에 운수대통할 팔자는
들어 있는지 도화살 낀 내 사랑은
안녕한지 오늘을 점친다

북쪽에서 귀인이 찾아와 꽃길만 걷게
될 것이라는 점괘는 매번 나를
속여 왔으므로 더는 신뢰하지 않는다

어제는 손 없는 날이라 하여
나를 바리바리 싸 들고
너를 마중 나갔지만 너는 오지 않았다

모든 행운은 내가 한눈을 팔고 있는 사이에
잠시 자리를 비운 사이에 몰래 다녀가곤 하였다

눈사람

엄마 아빠가 눈 내리는 밤을 밤새 굴려 나를 만들어냈어요. 계획에 없던 일이라 즉흥적으로 나를 만들어 세상에 내어놓았나 봐요. 가끔 심술을 부리고 어깃장을 놓을 때마다 엄마 아빠는 자기들을 하나도 닮지 않은 불량한 새끼라고 욕을 했어요. 매일 싸움만 하고 바쁘다는 핑계로 눈사람 하나 만들어주지 않는 가난한 엄마 아빠가 나도 마음에 들지는 않았어요. 어제는 온종일 눈이 내렸어요.

송이송이 쌓이는 함박눈과 하얀 어둠을 뭉쳐 눈사람을 만들었어요. 숯검정을 가져다 눈과 코와 입을 그려 넣었어요. 빨간 모자도 씌워주고 노랑 목도리도 둘러주었어요. 콘돔을 끼워줄까 하다 그만두었어요. 날이 밝자 눈사람은 빨간 모자와 노랑 목도리를 벗어둔 채 첫사랑 애인처럼 인사도 없이 사라지고 말았어요. 오늘은 동구 밖에 나가, 오지 않는 이를 온종일 마중하다 돌아오는 하얀 눈사람이나 되어야겠어요.

뽕짝이 있는 풍경

형제 세탁소 김 씨 아저씨가 날마다 물을
뿌리고 다림질하여도 주름살이
펴지지 않는 백마장 영단주택 골목

배호의 돌아가는 삼각지가 쿵짝, 쿵짝
좁은 골목길을 돌고 또 돈다

베토벤의 전원 교향곡보다 비발디의 사계보다
남인수의 애수의 소야곡이 이난영의
목포의 눈물이 불후의 명곡이 되는 곳

나훈아와 남진 이미자와 주현미 장윤정과
박현빈이 여전히 이 골목을 지배하고 있다

들어보나 마나 한 유행가 가사 같은 진부한
사랑 이야기가 전설처럼 전해 내려오는 골목

슬픈 일이 있어도 기쁜 일이 있어도
반 박자 꺾어놓고 리듬을 타는 곳

오늘도 쿵짝, 쿵짝 사분의이박자로 풀리고 있다

꽃구경

서해안 고속도로 행담도 휴게소
관광버스 한 대가 멈춰 서자
할머니 몇 분이 우르르 화장실로 몰려간다

얼마나 급한지 화장실 밖에서
치마를 걷어 올리며
들어가는 할머니도 있다

세상살이 팍팍해 여자이기를
포기했던 할머니들이
꽃구경 갔다 돌아가는 길이다

볼일을 마친 할머니 한 분 고쟁이를
추스르며 화장실 문을 나서고 있다

저녁노을 진 행담도 휴게소 할머니 허리춤에
고장 난 해시계 하나 달아주고 싶다

청춘 예찬

혼자 네가 우는 것을 보았다. 세상은 네 의지대로 돌아가지 않는다는 것을, 한 번도 세상은 평등해본 적이 없다는 것을, 가끔은 타인에 의해 네가 결정된다는 것을 알아야 한다. 결코, 이길 수 없는 싸움이 될지언정 너의 새로운 날을 위해 세상과 맞장뜨는 법을 익혀야 한다. 결례를 무릅쓰고 낯선 사람과 영혼 없는 의식도 치러야 하고 너의 가난한 사랑이 계량되기 전에 미리 헤어질 것을 대비하여야 한다. 네가 너를 위해 거짓말할 줄도 알아야 하고 그런 너를 보듬어주고 네가 너를 사랑할 줄도 알아야 한다.

때로는 사랑이 너를 아프게 한다는 것을 그 아픔이 웃자라지 않도록 혼자 우는 연습도 하여야 한다. 집 앞 느티나무를 찾아가 혼잣말을 건넬 줄도 알아야 하고 백마강변에 나가 묵언 중인 몽돌의 말을 들을 줄도 알아야 한다. 사람으로 사는 동안 너의 외로운 영혼을 의탁할 신 하나쯤은 가슴에 모셔두어야 하고 너를 위해 기도할 줄도 알아야 한다. 네가 너를 연출할 수 있는 총책임자라는 것을, 그런 너를 증명해주고 보호해줄 수 있는 유일한 증인임을 알아야 한다.

일체유심조

갯벌 속 가무락조개를 잡아먹고 싶은 마음이
간절할 때마다 도요새 부리도 자라나
비로소 긴부리도요새가 되었을 것이다

저 강물은 넓은 바다와 하나가 되고 싶은
시냇물들이 모여 서로의 꿈을
이끌고 오늘도 바다를 향해 흘러가고 있다

꽃다지는 겨우내 제 작은 몸을 덥히며 봄을
기다렸기에 마침내 너른 들녘에
노랗게 꽃다지 일가를 이루었을 것이다

저 산은 나무들이 품은 꿈만큼
오색딱따구리의 꿈만큼 푸르러질 것이고

저 바다는 어린 연어의 꿈만큼
괭이갈매기의 날갯짓만큼 넓어질 것이다
일체유심조 나는 흘러서 너에게 가고…,

검은 바위

칠갑산에 등을 기댄 채 건너편 강마을을
바라보고 있는 검은 바위
그 밑으로 푸른 강물이 흐르고 있다

수억만 년을 걸어 강마을에 도착했을 검은 바위

강마을에 큰물이 내려가도 맛 간
처자 하나 강물 속으로
뛰어들어도 눈 하나 깜짝이지 않는다

대낮에도 검은 윤기가 흘러나오는 바위

강변의 모든 소리를 수집하였을
자귀나무와 온종일 방아만 찧고 있는

방아깨비와 함께 천만년이
흘러내리는* 검은 바위의 묵언을 듣는다

* 유승도 시인의 시집 『천만년이 내린다』에서 차용.

세상 사는 일이 모방 아니면 표절

어머니가 아버지를 밤새 복사하여 나를 낳았듯 아내도 나를 베껴 뚱딴지같은 아들놈 하나를 세상에 내어놓았다. 천둥벌거숭이로 자라나던 시절 싸움질이나 하고 다니던 나에게 아버지는 네 몸에 양반 가문의 피가 흐른다며 케케묵은 연안 이씨 태자첨사공파 족보를 펼쳐 보이시곤 하였다. 그러나 내가 하고 다니는 짓거리를 보면 저 족보가 의심스럽기는 한데….

이 세상에 태어나는 일이 내가 부모를 지정하고 태어나는 것이라면 나는 가난한 아버지와 어머니를 택하지는 않았을 것이고, 아들놈도 나와 아내를 지정해 태어나지는 않았을 것이다. 지난밤 아무런 연락도 없이 외박한 아들놈은 나를 닮았다는 이유로 아내에게 아침부터 욕을 얻어먹었다.

세상 사는 일이 모방 아니면 표절 내가 나를 복제하는 자기 증식의 시간. 건너편 성형외과에서 공산품 찍듯 찍어낸 어느 족보에도 없는 성형 미인들. 금요일 오후 5시만 되면 뮤직뱅크*에서 똑같은 표정과 웃음을 지닌 채 TV 밖으로 걸어 나왔다.

* KBS 2TV 음악방송 쇼 프로그램.

맨발에 슬리퍼를 신었다

보나 마나 한 뻔한 이야기의 일일연속극이
끝나고 시그널 음악과 함께 9시 뉴스가 시작된다

양손에 쇠고랑을 찬 중년의 사내가 모자를
푹 눌러 쓴 채 TV 속에서 걸어 나왔다

도망칠 곳은 오직 감옥뿐인 외통수에
걸려든 사내 맨발에 슬리퍼를 신었다

코와 눈이 점점 땅바닥으로 흘러내리고 있는 사내

플래시가 터지고 이미 죽일 놈이 된
그에게 많은 질문과 야유가 쏟아져 내렸다

네가 사람이냐며 온갖 욕설을 들으며
TV 프레임 밖으로 사라진 사내

내일 저녁 일일연속극이 끝나면 또 한 사내가
포승줄에 묶인 채 9시 뉴스에 끌려 나올 것이다

나머지 공부

나로부터 자꾸만 달아나려는 당신을 위해 내가
할 수 있는 일이란 당신을 멀리 떠나보내는 것입니다

당신을 떠나보내고 나서는 곧바로
당신을 마중 나가는 것입니다

모든 사랑은 무허가이기에 언제 쫓겨날지
모르는 불안함으로 가득 차 있습니다

기다리던 당신은 오지 않고 먼 곳에서
당신이 나를 버리고 있다는 기별이 왔습니다

봄을 맞이하기 위해선 새로운 바람과
비가 필요하듯이 당신을 맞이하기 위해서는
나에게도 새로운 계절이 필요하겠지요

사랑한다는 것은 방과 후 수업의
나머지 공부 같은 것이어서 사랑에 서툰
나는 날마다 당신을 복습 중입니다

오늘 하루가 또 지나갔습니다

당신과 함께한 날이 쌓여갈수록 당신과
함께할 날이 또 하루 줄어들었음을 압니다

내년 봄에 필 꽃을 미리 당겨 핀
가을 장미처럼 계절은 철이 없습니다

육십갑자를 돌아 나오는 동안
많은 꽃이 피었다 지었습니다

삼시 세끼를 먹는 동안 몇 번의 후회가
찾아왔고 깨달음은 이미 모든 것이
끝난 뒤 너무 늦게 당도하곤 하였습니다

쑥국, 쑥국, 쑥국새 울음소리와 함께
오늘이 또 어제처럼 지고,

당신과 함께할 날이 또 하루 줄어든대도
나는 날마다 당신을 마중 나갈 것입니다

똥 광을 팔다

친구 어머니 부음을 받고 장례식장에 갔다
지하 1층 빈소 사람들은
늘 음습한 곳에서 예를 갖춘다

죽음 앞에선 모든 표정이 경건하다
아비 없는 후레자식도 예의가 바르다

국화꽃 속에서 환하게 웃고 계신 어머니
금방이라도 내려와
밥 한 상 차려주실 것 같다

자식들에게 평생 피박만 쓰고 사셨다는 어머니

친구는 고스톱판에서 광을 파느라
바쁘고 어머니는 온종일
절을 받느라 죽어서도 바쁘시다

창밖 오동나무에 똥 광 한 장 걸려 있다

돌부처

경주 남산 마애여래좌상 돌부처
노을 진 금오봉을 바라보고 있다

수천 수백만 번의 정 질로
바위 속 부처를 꺼냈을 사람들

돌 속에 부처의 마음을 새겨 넣는 일은
결코, 쉬운 일이 아니었을 것이다

바위도 저를 버리고 부처가
되는 데 수억만 년이 걸렸을 것이다

경주 남산에는 아직도 바위 속에
들어 계신 수많은 부처가 있을 것

나도 저 바위 속으로 걸어 들어가
돌부처가 되고 싶다

누군가가 나를 꺼내줄 때까지

한 일억만 년쯤 살다 나오고 싶다

재인폭포

하늘에서 무작정 뛰어내린 빗방울들이
모여 또다시 천 길 절벽 아래로
뛰어내려야 하는 절체절명의 재인폭포*

기어코 하늘 한쪽을 끌고 내려와
용소에 기둥을 처박고 만다

한순간의 망설임도 없이 순식간에 몸을
내던지고 마는 폭포의 단호함이 있다

천지간의 소리를 모두 삼켜버리고
재인의 사랑까지 삼켜버린 재인폭포

떨어지는 일에 그만 싫증이 나면
폭포도 가끔은 천 길 낭떠러지를 되돌려

재인의 사랑까지 토해놓고
거꾸로 흐르고 싶을 때가 있을 것이다

* 경기도 연천군 연천읍 고문리에 있는 폭포.

나도박달나무

바다가 내려다보이는 하늘공원 발밑 바라보며
저마다 뿌리 점을 치고 있는 나무들

제 이름을 불러달라는 듯 잊지 말고
기억해달라는 듯 이름표 하나씩 달고 서 있다

나무들의 족보와 생김새 꽃피는 계절
혼례 하는 시기가 꼼꼼히 기록되어 있다

하얗게 봄을 밝힌 벚나무
여전히 봄의 들러리로 길가에 서 있다

영산홍 꽃밭을 지나 일렬횡대로 늘어선
화살나무의 화살표가 가리키는 곳

박달나무가 되고 싶어 나도박달나무라는
이름표를 달고 있는 복자기나무 한 그루

나도 복자기나무처럼 누군가를 닮고 싶어

누군가를 몰래 흉내 내고 다니던 시절이 있었다

4부

잊혀진 계절

발신인도 없는 흉흉한 기별이 떠도는 거리를
지날 때 함박눈이 송이송이 내리기 시작했다

이름 대신 예쁜 가명으로만 불리던
누이들의 소식이 삐라처럼 뿌려지던 골목

임신 대기 중인 누이들이 TV 속 남자 배우와
배란일을 맞추며 상상 임신을 하던 곳

제 몸을 주체하지 못한 사내들이
밤마다 저를 탕진하기 위해 모여들곤 하였다

도둑고양이처럼 나타났던 사내들이
잠시 반짝이다 사라지던 곳

그 많던 누이들은 다 어디 갔을까
노란 집이 예쁘게 앉아 있었다던 동네이다

복화술사 아버지

붉은 청양고추 두어 개, 굵은 소금 한 꼬집, 물 한 됫박 붓고, 바람 든 무와 속이 텅 빈 아버지의 발걸음을 숭숭 썰어 버무리면 시큼한 나박김치가 될 것 같은 봄날. 툇마루에 앉아 오랜 세월에도 뜸 들지 않은 설익은 나이를 하나둘 세고 계신 아버지.

막행막식莫行莫食의 계절을 건너오는 동안 아버지 몸속으로 날아든 검은 나비 떼. 몸 곳곳에 하얗게 알을 슬어놓았다. 시절이 하 수상할 때마다 수런수런 알들은 부화되고 아버지 심장 속을 걸어 다니고 있는 검은 벌레의 노랫소리가 들려왔다.

살을 섞지 않아도 눈빛만으로도 서로를 사랑할 수 있는 복화술의 시대. 아버지 몸속에서 폭탄 돌리기 게임에 열중인 검은 벌레들. 파란 알약을 드시고 겨드랑에 날개가 돋아난 아버지. 한 마리 나비가 되어 서쪽 하늘로 훨훨 날아갔다. 점심 배불리 먹고 책상머리에서 꾼 늦은 봄날의 꿈이었다.

까치내 1

가리점과 웃말 고무래봉과 서당골
안뜸과 장자울이 있는 마을

냇가에 떨어지던 여름날의
소낙비 소리와 저물녘
마당귀에 쌓이던 싸락눈 소리

첩첩산중을 끌고 까치내에
도착한 길들이 잠시 멈칫하는 사이

마을과 마을을 사람과
사람 사이를 이어주던 초승달이
징검다리를 건너던 마을

아버지 엄니 산소가 있고
형과 형수가 집 앞
감나무와 함께 늙어가는 곳

천둥벌거숭이로 자란 나의 고향 땅이다

까치내 2

서당골 선바위에 초이레
낮달이 떠 있고

써레질 끝난 다랑논에
푸른 하늘이 내려와 있다

감나무 꼭대기에
까치가 울고

중풍 걸린 엄니가
장다리꽃 핀 남새밭을 지나

논두렁길을 끌며
큰어머니 집으로 마실을 가고 있다

강마을

흑염소 울고 물총새 높이 나는 강마을

바람 불 때마다 꽃단장한
집들이 하얗게 무너져 내리고 있다

초이레 낮달과 뭉게구름을
둥실 띄워놓은 천강

백구가 강물에 비친 제 그림자를
바라보며 허드레 울음을 울고 있다

꽃잎 다 떨어져 내리고
꽃상여 한 척 청산에 들면

강마을에 뻐꾸기
울음소리만 한 길씩 자라날 것이다

모두가 안녕

부평 가족 공원묘지 한 사람을 배웅하기 위해
여러 사람이 산을 오르고 있다

고생만 하다 살 만하니 간다며
다음에 또 만나자고
부디 안녕히 가시라고 인사를 한다

서로의 안녕을 물으며 또 한 사람을
이 세상에서 떠나보내고

죽은 사람은 죽은 사람 산 사람은
살아야 한다며 서로의 등을 두드리며

아무 일도 없었던 것처럼
산에서 내려가는 사람들

새로 생긴 봉분 하나가 그동안 고마웠다며
조용히 이들을 배웅하고 있다

오리지널

뚜레쥬르 빵집 햇볕보다 더 따뜻하고
포근한 LED 불빛이
소보루빵 위에 내려와 있다

천장 에어컨에서 산바람보다도
바닷바람보다도 더
시원한 바람을 복사 중이다

계절이 바뀌어도 지지 않는 장미꽃
지극히 사무적인
자세로 계산대에 앉아 있다

소녀시대 윤아가 빵집 창문
앞에 붙어 어제도 오늘도 웃고 있다

재방송되는 TV 연속극 사내는
어제보다 더 달콤한 사랑을 고백 중이다

꽃의 신도

그녀는 꽃을 섬기는 꽃의 신도입니다
어느 봄날 꽃구경을 나왔다가 꽃들이 전하는 말씀
꽃말을 듣고 꽃의 신도가 되었습니다

집안 가득 꽃을 사들이고 꽃무늬
치마를 입고 꽃무늬 벽지로 도배를 한 방에
들어가 한바탕 꽃 꿈을 꾸다 나오기도 합니다

꽃은 나비를 불러 모으고 그녀는
나를 불러 모든 꽃의 성지인 장미 화원으로
꽃의 성지순례를 떠나는 것입니다

더러는 꽃이 지고 난 후의 덧없음을
걱정하지만 꽃이 지는 것은 또 다른 계절을
준비하기 위한 몸짓이라는 것을 압니다

한 송이 꽃으로 피어난 당신
이 봄엔 어쩔 수 없이 나도 당신의 말씀을
수지독송하는 꽃의 신도가 되었습니다

교연에게

어디서 많이 본 듯한 낯이 익은 아이가 전생에
내 딸이었을 것 같은 아이가 어느 아득한
인연을 끌고 와 변방에 작은 공화국 하나를 세웠다

모든 이의 축복을 받으며 12월의
신부가 된 아이야 모든 신이
항상 너를 지켜주고 보살펴주기를

세상에서 네가 가장 소중한 존재라는 것을
그런 너를 위해 기도하기를
그리하여 너의 모든 꿈이 이루어지기를

네가 너무 외롭지 않기를 슬프지 않기를
너와 함께하는 모든 날이 행복하기를

네가 사는 지붕 위에 항상 따스한
바람이 불기를 모든 이들 앞에
네가 평등하기를 그리고 자유롭기를
너의 공화국에 언제나 사랑과 평화가 함께하기를

맹물에 찬밥 말아 먹으며

백중날 아침 아내는 한 달에 한 번 하는
계 모임 하려 꽃단장을 하고 부평에 갔다

홀로 남은 나는 심심한 나머지 그동안
끊었던 담배를 다시 피울까 하다 그만둔다

점심때가 지나도 아내를 따라간
설거지 소리는 끝내 돌아오지 않았다

양은 쟁반에 찬밥 한 사발 오이지
한 접시 올려놓고 맹물에 찬밥 말아 먹는다

사기대접에 쌓이는 하얀 숟가락 소리
내 몸속을 타고 내려가는 맑은 물소리

또 다른 내가 엿듣고 있다 때론
나도 내 안의 소리가 궁금할 때가 있다

석모도

늦가을 오후 보문사 나한전 앞에서
산사의 가을 소리를 듣는다

극락전 수막새 기와에 쌓이는 풍경 소리
남새밭을 구르는 목탁 소리
구구거리는 산비둘기 울음소리

이 모든 소리가 오늘의 법문인 듯
부처님도 스님도 도무지 말이 없다

일주문 밖 솔밭식당에서 막걸리 한 병
도토리묵 한 접시 시켜놓고
저녁 바다가 끌고 오는 파도 소리 듣는다

땅바닥에 눌러앉아 순무 김치와 마른
새우를 파느라 반쯤은 부처가 된 할머니

석모도 가을 풍경과 보문사 저녁
종소리를 한 됫박 덤으로 얹어주고 있다

집 없는 달팽이

세상에서 가장 느린 속도로 집 없는
달팽이가 이삿짐도 없이 이사를 가고 있다

잠시 가던 길을 멈추고 오늘 일진을
점치고 있는 달팽이 그의 뿔이
가리키는 곳으로 저녁 해가 지고 있다

평생 집 한 채 지어본 적도 없고 세간살이
한 번 장만해본 적 없는 집 없는 달팽이

온몸이 부끄러움투성이인 알몸뿐이지만
옷 한 벌 지어 입어본 적이 없다

집이 싫어 집을 버리고 나온 아이들이
달빛 어둠을 덮고 한뎃잠을 자는 마을에는

저보다 큰 집을 등에 지고 사는 죽어서야
제 집을 버리는 명주달팽이를 닮은 족속들이 산다

너를 복사하다

오월이 일란성 쌍둥이처럼 오랑캐꽃과
애기똥풀을 데리고
두 번이나 지나가고 있다

철 이른 계절을 메꾸기 위해 오월과
유월 사이에 여벌로 끼워 넣은 공달

사람들은 삼재가 들지 않는
윤달이 찾아들었다며
수의를 해 입으며 죽음을 흉내 냈다

아무도 눈여겨보지 않아 귀신도 모르고
지나간다는 완전 범죄를 노리기 좋은 공달

너와 나의 간극을 메꾸기 위해
또다시 너에게 가는 길
푸른 오월이 한 번 더 너를 복사해내고 있다

마술이 필요한 시간

한 걸음도 앞으로 나갈 수 없는 마음이어서
스스로 감옥을 짓고 징역살이하고 있다는 너

이 세상에 죄 없이 사는 사람이 어디
있냐며 또 다른 네가 너를 달래고 있다

지금은 너도 속고 나도 속는
마술이 필요한 시간
거짓이든 트릭이든 그것은 중요치 않다

네 몸에서 비둘기가 날든
장미꽃이 피어나든
옛사랑을 소환하든 그것은 너의 자유

많은 사랑이 허용되지는 않겠지만

살다 보면 네 몸이 마술을 부리듯
온몸 가득 꽃을 피워 올릴 때가 있을 것이다

신발 상위시대

빨주노초파남보 온갖 신발들이 떠돌아다니는 거리. 가만히 바라보면 신발에도 계급이 있다. 반짝반짝 물광이 빛나는 겉만 번지르르한 신사화도 있고, 콧대 높은 줄 모르고 자꾸만 솟아오르려는 킬힐도 있다. 바람이 뺑튀기한 구두보다도 비싼 나이키 운동화도 있고, 어느 산골 오두막집에서 철모르고 내려온 듯한 타이아표 검정 고무신도 있다.

집에 들어가는 것이 죽기보다 싫어 아예 집을 버리고 나온 맨발에 슬리퍼가 있고, 동네 양아치에게 삥 뜯기고 훈계를 듣는 가엾은 꽃신도 있다. 그동안 고생했다며 직장에서 명퇴당한 한없이 구차해진 신발도 있다. 교도소 담벼락에 갇혀 수십 년 동안 징역살이나 하는 말표 흰 고무신도 있고, 사랑에도 호구가 있는지 십 리도 못 가서 그만 발병이 난 신발도 있다.

모든 것 놓아버리고 죽은 듯이 며칠 푹 잠이나 자다 나오고 싶은 신발도 있고, 지구 밖으로 달아나 다시는 이 세상에 돌아오고 싶지 않은 신발도 있다. 나이키와 아디다

스와 뉴발란스 외래종 운동화에 발마저 빼앗긴 사람들. 신발의 말에 복종하고, 신발을 상전 모시듯 섬기는, 신발이 사람을 길들이는 신발 상위시대가 되었다.

당분간 나를 휴업할까 합니다

당신이 깜박하고 나를 잊고 가는 날이면
세상과 연결된 모든 전원을
꺼버리고 나 혼자이고 싶습니다

밤마다 마술을 부리는 저 도시로부터
당신의 사랑으로부터 멀리 달아나고 싶습니다

우리에게 내일이 있다며 나를 재촉하는
당신의 희망 고문으로부터
불편한 친절로부터 도망치고 싶습니다

아니 당신에게 해고되고 싶습니다

나를 켜면 자동으로 당신에게 연결될 수
있도록 설정된 나의 모든 것을 해제하고
당신으로부터 해방되고 싶습니다

말도 많고 탈도 많은 당신의 무례한
사랑으로부터 당분간 나를 휴업할까 합니다

아무것도 아닌 것을 에워싼 숨결,
그 길항하는 존재의 시

이병국(시인·문학평론가)

> 진정으로 노래하는 것 그것은 또 다른 숨결
> 아무것도 아닌 것을 에워싼 숨결. 신으로서의 비상. 바람.
> ─ 라이너 마리아 릴케

아무것도 아니지만 전부인 것

모리스 블랑쇼는 릴케의 시 「오르페우스에게 바치는 소네트」를 읽으며 진정한 시는 말의 폐쇄된 공간이 아니라 그것을 통해 시인이 공간을 키우고 리듬에 맞춰 사라지기 위해 스스로를 소진하는 숨 쉬는 내밀성에 있다고 하였다. 그러면서 "아무것도 아닌 것을 에워싼 숨결"이야말로 시의 진실이라고 언급한다. 덧붙여 시는 말 없는 내밀성에 불과하고, 어떤 결과를 목표로, 이기기 위해서나 얻기 위해서가 아니라, 아무것도 아닌 것을 위하여, 신의 상

징적 이름으로 주어지는 순수한 관계 속에서 우리의 삶을 희생하는 순수한 소비라고 보았다.[1] 이는 사회적 참여나 특정한 목적을 배제한 채 존재하는 순수시 혹은 서정시의 갈래를 정의하는 듯 보이지만, 실상 그보다 더 중요한 실천적 맥락을 감추고 있다. 아무것도 아닌 것을 감싸 안고 그것을 신으로서의 비상으로 이끄는 일이 그것이다. 잠재된 실재를 실천적 가능성으로 이끄는 일, 그것은 시가 지향해야 하는 열린 세계에의 가능성이자 사물과 우리 자신을 영속화하는 일이다.

이권 시인의 세 번째 시집 『그럼에도 불구하고』는 릴케가 언급한, 그리고 블랑쇼가 해석한 "아무것도 아닌 것을 에워싼 숨결"의 시적 지향을 담고 있다. 이는 '시인의 말'에서 "나의 행복이/당신의 불행이 아니었으면 좋겠다"고 언급한 것처럼 "끝내/발설되지 못하고 아직도 내 안에서/자기 징벌 중"인 시인의 마음이 속 편한 자기 위안의 서정에 머무르지 않고 쓰는 행위를 통해 자기를 징벌하며 타인의 불행에 대한 윤리적 책임을 의식하는 데로 나아가게끔 하는 중핵으로 작동한다. 시인의 언어는 '아무것도 아닌 것', 이름과 의미를 박탈당한 존재를 감싸며 그로부터 숨겨진 면모를 드러내도록 숨을 불어넣는 행위를 수행한다. 물론 이것이 "안개 낀 해변을 걷고 있"는 것과 같이 비

---

1 모리스 블랑쇼, 『문학의 공간』, 이달승 옮김, 그린비, 2010, 208-208쪽 참조.

가시적인 방식으로 이루어지기도 하지만, "환한 햇빛 속에서 사랑은/쉽사리 복무하지 않는 법"임을 이해한다면 안개 속에서 "증거 인멸된" 시인의 사랑이 지닌 숨결의 양태를 감각할 수 있다(「오리무중」). 그런 점에서 시집의 제목인 '그럼에도 불구하고'라는 연결어는 이권 시인의 시 세계를 통어하는 키워드라고 볼 수 있겠다. 우리가 보고 듣고 느끼면서 예측 가능하리라고 여기는 저 가시적 세계를 안개로 감싸 비가시적 숨결이 닿는 어떤 삶의 진실로 이끌기 때문이다.

이전 시집들을 통해 "불온한 꿈을 키우며 무럭무럭 자라"나는 "어둠"을 통해 "깊어질 대로 깊어지고 있"는 "숙성의 시간"을 응시함으로써(「어둠의 복제」, 『아버지의 마술』) 그 안에 놓인 공간과 켜켜이 쌓인 역사적 시간을 어루만지며 "수세기 전 죽은 어미의 목소리"를 "작은 뼈 하나"에서 발견했듯이(「작은 뼈」, 『꽃꿈을 꾸다』) 시인은 한 걸음 더 나아가 "또 다른 계절을/준비하기 위한 몸짓"(「꽃의 신도」)을 톺아 우리에게 펼쳐 내보인다.

나를 복구하는 것은 언제나

이권 시인의 몇몇 시는 단정적 어조를 취하고 있으나 단정이 확신을 강요하진 않는다. 이는 시적 주체의 확고

부동한 믿음에 기인한다기보다는 앞에서 언급한 '시인의 말'에서 알 수 있듯이 끊임없이 자기 징벌적 태도를 취함으로써 한 발 뒤로 물러나 있는 시인의 태도에서 비롯된 것인지도 모른다. 이러한 시적 발화는 존재의 취약함을 전시하거나 객관적으로 대상을 대하려는 양태와는 거리가 멀다. 오히려 주체에게 기대하는 바를 교란하며 불완전한 존재의 부정적 전망을 환기시켜 우리의 인식에 새로움을 준다.

징검다리가 당신을 건너가고 있다

눈대중으로 몇 번 당신의
다리를 건너갔을 뿐
한 번도 당신을 건너가본 적이 없다

여름 내내 소낙비 소리와
천둥소리가 당신의 다리를 건너다녔다

만남과 헤어짐이 동시에
이루어지는 당신의 다리

당신이 떠나고 나면

저 다리는 폭파된다

나를 복구시키는 것은 언제나 당신 몫이다
― 「징검다리」 전문

　시집을 여는 첫 시는 시인의 시 세계를 향해 딛는 첫 징검돌이기에 일종의 시론격으로 상정될 때가 많다. 그런 점에서 「징검다리」는 내용과 형식, 그리고 위치면에서 의미심장하게 다가온다. 이 시는 표면적으로 '당신'을 통해 "나를 복구"하려는 의지를 드러낸다. 그러나 그것이 쉽게 이루어질 수 없으며 그래서 실패할 것임을 예감한다. "한 번도 당신을 건너가본 적이 없"는 '나'는 그저 "눈대중으로 몇 번 당신의/다리를 건너갔을 뿐"이다. '당신'이 누구인지 알고 싶은 우리에게 시 안에서 당신이 누구인지 알려주는 지표를 시인은 제시하지 않는다. '당신'을 시적 대상으로 취하고 있는 시인의 구체적 목적이 무엇인지 우리는 알지 못해 무력감에 빠진다. 그러므로 당신이 누구인지 알 필요가 없는지도 모른다. 그러나 사르트르가 시란 목적에 열중해 있는 사람들의 태도를 역전시키는 것이라[2]고 말했듯이 중요한 것은 의미 전달에 집중하기보다는 오

2　장 폴 사르트르, 『문학이란 무엇인가』, 김붕구 옮김, 문예출판사, 1994, 24쪽.

독을 무릅쓰고라도 새로운 무언가를 우리가 읽어내는 데 있다.

'나'는 "당신을 건너가본 적 없"지만 "당신의 다리"를 안다. "당신의 다리는" 눈대중으로도 건너가 볼 수 있고 "소낙비 소리와/천둥소리"가 "여름 내내" 건너다니는 공간이다. 그곳에서는 "만남과 헤어짐이 동시에/이루어"진다. "당신이 떠나고 나면" 폭파될 다리 위에서 이루어지는 만남과 헤어짐은 관계를 고착화하지 않고 언제든 바뀔 수 있는 가변적인 것이 되도록 만든다. 이는 첫 구절인 "징검다리가 당신을 건너가고 있다"는 언어적 전치로 이미 제시되는데 행위 주체가 당신 또는 '나'가 아니라 "징검다리"라는 점에 주목할 만하다. 행위 주체와 대상의 전환이 의미하는 바는 당신에게 가기 위해 필요한 것이 당신을 "건너가고 있"는 징검다리에 있다는 것이다. 단순하게 당신을 여울이라고 가정해 보자. 징검다리는 놓여있음으로 여울을 건너가는 형태를 취한다. 그것은 당신에게 속해 있으면서 당신을 벗어나 있다. 이는 '당신의 다리'로 전유되며 소낙비와 천둥을 포함한 우리는 당신이 아닌 징검다리 즉 당신에게 속해 있으면서 벗어나 있는 다리만을 건널 따름이다. 징검다리는 교량과 달리 고정되어 있지 않은 임의성, 임시성의 속성을 지닌다. 당신이 없다면 다리는 무용하겠지만 기실 당신은 중요하지 않다. 당신은 존재하면서 부재한다. 그러니 당신보다는 당신이 포함하

고 있는 임의성, 임시성의 다리만이 중요할 뿐이다. 그 위
에서 불가피하게 이루어지는 만남과 헤어짐은 어쩌면 이
시집을 관통하는 의미의 실재인지도 모를 일이다. 우리는
알 듯 모를 듯 느껴지는 시의 언어가 그것을 "눈대중"으
로 건너가며 획득하거나 상실하게 되는 것임을 시집의 첫
징검돌인 이 시에서 여실히 느끼게 된다. 그런 이유로 "나
를 복구시키는 것은 언제나 당신의 몫이다"라는 단정적
어조는 확신이 아니라 어떤 가능성, 독해의 가능성이자
당신과 '나'의 관계를 통해 부작위의 의미를 구성해내는
시의 윤리를 표상하고 있는 것이 아닐까.

이는 시인이 감각하는 세계의 모습을 형상화한 것에 매
몰되지 않고 시가 감싸고 있는 '아무것도 아닌 것'을 향해
독자가 응시하도록 이끄는 데 기여하는 것처럼 보인다.
조금 더 확장하여 보자면 우리가 살고 있는 지구와 자전
거를 겹쳐 놓는 태도로까지 이어볼 수 있다.

둥글게 돌아가는 지구 위에서 내가 나를
돌리기 위해 자전거를 탄다

지구가 돈다고 나까지 덩달아
따라 도는 것은 아니지만

자전거가 나를 굴린 만큼
내가 끌고 온 길의 길이만큼 나는 소모된다

사람들이 동쪽에 있던 해를
서쪽으로 밀어내고
저녁을 만들어 집으로 돌아가고 있다

자전거 체인에 감긴 길을 풀어
너에게로 가는 길을 이어놓는다

저를 끌고 다니느라 수고한
자전거 짐받이 끈에 맨날 싸움박질인
둥근 지구 하나 매달려 있다
　—「자전거를 타다」전문

　'나'는 "둥글게 돌아가는 지구 위에서 내가 나를/돌리
기 위해 자전거를 탄다". 지구가 도는 이유야 자연의 법칙
이겠으나 '나'가 자전거를 타는 이유까지 지구의 움직임
에 기인하는 것이 될 수는 없다. 다만 움직인다는 것, 고
정된 채로 고착되기를 거부하는 것이 그 이유라면 이유
일 것이다. "반란은 언제나 내 안에서부터 시작"(「속수무
책」)되는 것처럼 '나'는 나를 돌리기 위해 자전거를 타고

그로 인해 변화는 발생한다. 그러나 그 변화가 급격한 차이를 발생시키는 것은 아니다. 자전거를 타는 행위가 주는 감각은 고정된 틀로 묶여 있는 '나'를 일깨우는 데 있다. "자전거가 나를 굴린 만큼/내가 끌고 온 길의 길이만큼" 소모된 '나'의 삶이 지닌 탄력을 민감하게 잡아채는 것만으로 충분하다. 그것은 세계-내-존재로서 충만한 '나'와 그러한 삶을 살아가는 사람들의 안식을 포용한다.

이 시의 흥미로운 점은 삶의 능동성을 아무렇지 않게 적는 시인의 감각에 있다. "동쪽에 있던 해를/서쪽으로 밀어내고/저녁을 만들어 집으로 돌아가고 있"는 사람들과 자전거를 타고 있는 '나'를 같은 선상에 올려놓고 사유하는 시적 감각. 단순히 일상의 편린에 삶을 투사하는 데 그치지 않고 분명한 사실을 통해 어떤 진실을 빚어내는 시인의 감각. 자본화된 사회에서 반복되는 생활을 꾸려나가며 "더 많이/가지려고 남의 것 더/빼앗으려고 힘자랑하듯"(「세상이 너무 많이 달라졌다」) "맨날 싸움박질인/둥근 지구"를 "자전거 짐받이 끈에" 매다는 비판적 인식을 넘어, 소모될지언정 포기하지 않는 삶의 다정함을 빚어 "너에게로 가는 길을 이어놓"으려는 시인의 시적 감각은 아무렇지 않은 능동적 수행이 되어 모든 존재에게 "봄날 오후를 건너가"(「유모차」)게 한다. 시인의 응시가 지닌 분명한 지향성이 여기에 있다. "모두가 엑스트라인 이곳에서 한 번도 주인공이 되지 못한 사람들"(「오래된 골목」)에게 아무 일 없이 흘러가는 세계는 공허와 같은 기분에 들게도 하지만 한편으로 그들이 느끼는 공허는 각자의 현실을 살아가는 것에서 비롯된 부작위일 뿐임을 알아야 한다. 이권 시인은 그들이 사는 '변두리'를 부정적 장소의 전락으로 우리가 보지 않기를 바라며 그 풍경 속에 자신을 기입하려 한다.

잘못 들어선 길을 수없이 수정하면서

이권 시인의 시선은 세계의 '변두리'에서 살아가는 존재의 슬픔에 가닿는다. 이는 존재에 대한 윤리적 예의로 이어지며 "사람을 사람 사이에서 저마다의/살아가야 할 이유와 희망을 찾"으며 "사람을 사람 밖으로 함부로 버리자 말자"고 한다(「사람을 사람 밖으로 함부로 버리지 말자」). 바디우가 말한 것처럼 존재의 법칙은 '유일자 없는' 다양성이라는 점을 염두에 두면, 사실상 동일자란 존재하고 있는 것(또는 차이들의 무한한 다양성)이 아니라 도래하는 것이라고 볼 수 있다.[3] 그런 점에서 '나'는 '너'와 다를 바 없다. 타자는 언제나 주체와 관계를 맺는 방식으로 존재하며 언제든 그 관계가 역전될 수 있다. 그러니 차이를 감각하고 그것을 외면하거나 소비하는 것이 아니라 언

---

3 알랭 바디우, 『윤리학』, 이종영 옮김, 동문선, 2001, 31~37쪽 참조.

제든 '나'가 지닌 근본적인 타자성임을 인식하며 그것에 공감한다면 "사람을 사람 밖으로 함부로 버리"는 일은 일어날 수가 없을 것이다.

　수돗가에 쭈그리고 앉아 얼갈이배추를 다듬고 있는 아내의 아랫마기와 윗마기 사이로 허연 잔등이 드러나 보일 때. 여름날 배를 드러내놓고 자는 다 큰 아들놈의 수염 듬성듬성한 얼굴을 보았을 때. 시 합평회 뒤풀이 자리, 해진 양말을 뚫고 나온 김 시인의 엄지발가락이 식탁 밑에서 멀뚱멀뚱 두 눈을 뜨고 있을 때.

　출근길 어린이집 앞에서 아이보다 먼저 울음이 쏟아질 것 같은 아이 엄마의 동동 발걸음을 만났을 때. 이웃집 영미 할머니 손잔등에 흰나비 한 마리 날아들 때. 세상을 가만히 들여다보면 짠하고 슬프지 않은 것이 없어 누군가 이 세상을 살짝만 흔들어도 말가웃의 울음이 와르르 쏟아질 것만 같다.
　―「세상이 슬퍼 보일 때」 전문

　시인이 감각하는 슬픔의 질감이 어루만져지는 듯하다. 이 시는 화자의 아내와 아들을 거쳐 "해진 양말을 뚫고 나온 김 시인의 엄지발가락"과 우연히 마주친 "아이 엄마의 동동 발걸음"과 "이웃집 영미 할머니 손잔등"에 날아든 "흰나비 한 마리"로 이어지는 환유적 연쇄를 통해 슬픔의 정동을 훑는다. 이 슬픔을 연민으로 여길 수는 없을 것이다. '나'와는 다른 삶의 순간을 경험하고 있는 이들이 차별이나 억압 혹은 폭력적 현실에 의해 고통받고 있는 것이 아니기 때문이다. 그로 인해 화자가 느끼는 슬픔은 타자가 상기하는 차이가 아니라 타자와 관계 맺는 순간에서 비롯된다. 기실 아무렇지 않게 넘길 수 있는 순간이지만 시인의 시선이 닿음으로써 불러오는 정동의 변화가 타자와 주체의 거리를 무화시켜 동일시를 야기한 것으로 볼 수 있겠다. 부정될 것 없는 삶의 한 때. 그러나 이를 응시한 화자는 "가만히 들여다보면 짠하고 슬프지 않은 것이 없"다는 것을 깨닫는다. 시인은 여기에서 각기 다른 시간이 축적해 놓은 삶의 순간을 경험함으로써 도래하는 동일자가 되어 근본적인 타자성을 자신의 내면에 각인시키고 있는 것이다. 그럼으로써 시인은 "슬픈 일이 있어도 기쁜 일이 있어도/반 박자 꺾어놓고 리듬을 타는"(「뽕짝이 있는 풍경」) 변두리 골목의 존재들이 지닌 일상성을 소비하는 것에 그치지 않고 "말가웃의 울음"으로 가져와 우리에게 "오지 않는 이를 온종일 마중하다 흔적 없이 사라지고 마는 눈사람"(「눈사람」)의 소외를 사유할 수 있게 이끈다. "세상의 모든 경계"에 배인 "비릿한 피의 냄새"(「세상의 모든 경계에는 계급이 있다」)를 느끼고 슬퍼하며 분노할 수 있게 하는 것, '너'만의 일이 아니라 '나'의 일이기도 하다는 것, 그리고 그것이 오랜 시간 응축된 삶의 양태로

얼핏 우리에게 드러나는 때가 있다는 것을 체감케 한다.

저 강물은 넓은 바다와 하나가 되고 싶은
시냇물들이 모여 서로의 꿈을
이끌고 오늘도 바다를 향해 흘러가고 있다
　　　―「일체유심조」 부분

봄을 맞이하기 위해선 새로운 바람과
비가 필요하듯이 당신을 맞이하기 위해서는
나에게도 새로운 계절이 필요하겠지요
　　　―「나머지 공부」 부분

돌 속에 부처의 마음을 새겨 넣는 일은
결코, 쉬운 일이 아니었을 것이다

바위도 저를 버리고 부처가
되는 데 수억만 년이 걸렸을 것이다
　　　―「돌부처」 부분

　이권 시인이 감각하는 슬픔이 감정의 골짜기에 매몰되
지 않는 이유는 그것이 야기하는 정서가 폐쇄된 상태로

'나'라는 개인의 허무에 닿지 않기 때문이다. 모든 것은 오직 마음이 짓는 바에 달려 있다는 '일체유심조(一切唯心造)'가 상기하듯 타자를 향한 시인의 응시가 빚는 바는 무의미하게 집적되기보다 불안정한 존재의 연대라는 확장 가능성을 소망하는 마음에 기댄다. "시냇물들이 모여 서로의 꿈을/이끌고""바다를 향해 흘러가"는 일을 포기하지 않는 것, 차이로 가득한 존재들이 서로 연대하고 각자의 사정을 나누며 "수억만 년이 걸"리더라도 지속해 나가려는 의지의 영속, 그리고 "새로운 바람과/비가 필요하듯이""새로운 계절"을 요청하며 "당신을 맞이하"려는 진정이야말로 이권 시인의 시 세계가 에워싼 숨결임이 틀림없다. 비록 그것이 "돌 속에 부처의 마음을 새겨 넣는 일"처럼 "결코, 쉬운 일이 아니"겠지만 불가능한 일이라고 지레 포기할 수는 없는 노릇이다. "수억만 년을 걸어 강마을에 도착했을 검은 바위""그 밑으로 푸른 강물이 흐르고 있"(「검은 바위」)는 것처럼 시간이 오래 걸리면 걸릴수록 그 심층에는 그 무엇과도 비교할 수 없는 푸른 강물의 품을 얻을 수 있을 테니 말이다.

물론 이는 이미 우리가 품었던 "눈빛만으로도 서로를 사랑할 수 있는 복화술의 시대"(「복화술사 아버지」)였을지도 모른다. "마을과 마을을 사람과/사람 사이를 이어주던 초승달이/징검다리를 건너던 마을"(「까치내 1」) 어디쯤에서 우리가 이미 경험한 원형적 사건일 수도 있다. "바

람 불 때마다 꽃단장한/집들이 하얗게 무너져 내리고 있
는"(「강마을」) 어느 '강마을'의 모습처럼 비극적인 상실
로 느껴질 수도 있고 재귀적 운동만을 반복하는 상상의
흔적으로 소모적인 행위에 불과할 수도 있다. '그럼에도
불구하고' 이를 불가능한 꿈으로 여겨 "세상과 연결된 모
든 전원을/꺼버리고 나 혼자" "멀리 달아나"거나 "도망"
칠 수는 없는 노릇이다(「당분간 나를 휴업할까 합니다」).
이번 시집 끝에 실려 있는 시를 시인의 좌절이나 절망으
로 볼 수 없는 이유가 여기에 있다. 한 권의 시집을 지나
온 우리는 그것이 일종의 역설적 발화임을 안다.

그럼에도 불구하고 하나가 될 때

어느 백중날, 시인은 홀로 집에 남아 "찬밥 한 사발 오
이지/한 접시 올려놓고 맹물에 찬밥 말아 먹"으며 "내 몸
속을 타고 내려가는 맑은 물소리"를 듣는다(「맹물에 찬밥
말아 먹으며」). 소소한 삶의 정취를 보여주는 이 시에서
시인은 "내 안의 소리"를 궁금해하며 가만히 듣고자 한
다. 이는 "안과 밖을 비우고 하늘로 올라가/검은 새가 되
려"(「까마귀 날다」) 하는 비닐봉지의 사유처럼 욕망을 제
거하여 허무로부터 벗어나고자 하는 내적 의지를 상기시
킨다. 시인은 "이 모든 소리가 법문인 듯"(「석모도」) 여긴

다. 타인의 슬픔을 '나'에게로 가져와 그것을 감내하며 연대하려는 저 깨달음. 이권 시인은 이를 "더러는 꽃이 지고 난 후의 덧없음을/걱정하지만 꽃이 지는 것은 또 다른 계절을 준비하기 위한 몸짓이라는"(「꽃의 신도」) 구절로 우리에게 전한다. 아무것도 아닌 것처럼 간과하며 보내는 일상의 편린을 통해 이를 가장 잘 형상화하고 있는 시를 읽어본다.

일요일 아침 너는 부활절 예배드리려 성경책과
삶은 달걀을 들고 순복음교회에 가고

나는 초하루 신중기도 드리려 절복을 입고
백팔 염주를 돌리며 부루나포교원에 갔다

너는 점심으로 콩국수에 설탕을 넣어 먹었고
나는 콩국수에 소금을 넣어 먹었다

너는 푹푹 찌는 여름날보다 함박눈
송이송이 내리는 추운 겨울을 좋아했고

나는 온몸이 얼어붙는 추운 겨울보다 푸르름이
한 질씩 자라나는 더운 여름을 좋아했다

닮음보다 다름이 많은 우리가
이 세상에 온 이유조차 모르는 우리가

그럼에도 불구하고 하나가 될 때가 있다
그것은 애국가를 부를 때도 아니고

국기에 대하여 경례할 때도 아닌
네가 나의 손을 잡아주었을 때이다
　　　　　　―「그럼에도 불구하고」 전문

　너는 '나'와 여러모로 다르다. '나' 역시 너와는 다른 방
식으로 세계를 대한다. 종교적 차이나 취향의 차이 또는
선호하는 계절의 차이는 앞에서 언급한 '유일자 없는 다
양성'의 층위에서 오히려 차이를 지닌 주체와 타자라는
동일자의 도래를 증거한다. "닮음보다 다름이 많은 우리"
는 "이 세상에 온 이유조차 모르"지만 "애국가"나 "국기
에 대하여 경례"와 같은 의례로 상징되는, 국가와 민족이
라는 '상상의 공동체'(베네딕트 앤더슨)에 복무하기 위해
존재하는 것이 아님을 안다. 공동체 혹은 연대의 가능성
은 국가나 민족에의 동일시에서 오는 것이 아니라 "네가
나의 손을 잡아주"는 구체적 행위, 실천의 층위에서 이루

어진다. 다시 말해 거대 담론의 종적 구조가 아닌 미시적 개인을 구성하는 차이의 횡적 구조가 교차하면서 인간적인 관여를 발생시키는 지점에서 이루어지며 그러한 주체와 타자의 만남이 다름의 연대를 가능케 하며 존재의 의미를 형성하는 것이다.

'그럼에도 불구하고'를 이권 시인의 키워드라고 앞에서 이야기한 것은 신자유주의적 자본주의의 세계가 존재를 자꾸만 변두리로 내몰며 파편화하고 있지만, '그럼에도 불구하고' 개별적 존재의 손을 잡고 소소한 일상을 함께 꾸려가고자 하는 시인의 시적 윤리가 시편 하나하나에 선명하게 새겨져 있기 때문이다. 이권 시인의 시와 같이 차이와 불화의 감각으로 '아무것도 아닌 것을 감싸 안으며 비가시적 숨결이 닿는 이들과의 연대를 소망하며 그것을 노래함으로써 비상을 꿈꾸는 일이야말로 존재를 변두리로 내모는 세계와 길항하는 우리가 취해야 할, 삶 전반에 걸쳐 수행해야 할 진정성의 윤리가 아닐까. 이권 시인이 형상화한 저 연대의 가능성을 위해 "나는 날마다 당신을 마중 나갈 것입니다"(「오늘 하루가 또 지나갔습니다」). 끝

달아실시선 64

그럼에도 불구하고

1판 1쇄 발행	2023년 3월 17일
지은이	이권
발행인	윤미소
발행처	(주)달아실출판사
책임편집	박제영
디자인	전형근
법률자문	김용진, 이종진
주소	강원도 춘천시 춘천로 257, 2층
전화	033-241-7661
팩스	033-241-7662
이메일	dalasilmoongo@naver.com
출판등록	2016년 12월 30일 제494호

ⓒ 이권, 2023
ISBN 979-11-91668-67-4 03810

달아실시선